Für meine Eltern

 Anne Lay ist das Pseudonym, unter dem die in Schöppingen geborene Autorin ihre Bücher veröffentlicht. Ihre erste Adresse stand Pate für den Namen.

Inzwischen lebt sie mit ihrem Mann und zwei Söhnen im Bergischen Land und arbeitet als Oberstudienrätin.

Die Begeisterung für Geschichten begleitete Anne Lay schon früh durchs Leben. Seit 2006 widmet sie sich selbst dem Schreiben.

Mit der historischen Kurzgeschichte „Agnes und der Engel" gelang ihr eine erste Veröffentlichung in der Wettbewerbsanthologie „Engel, Hexen, Wiedertäufer - Historische Geschichten aus dem Münsterland".

Inzwischen sind mehrere Kurzgeschichten und Liebesromane erschienen und weitere historische Geschichten schlummern noch in Notizbüchern.

Impressum

Bibliografische Information der Deutschen Nationalbibliothek:

Die Deutsche Nationalbibliothek verzeichnet diese Publikation in der Deutschen National-bibliografie; detaillierte bibliografische Daten sind im Internet über http://dnb.dnb.de abruf-bar.

Titelbild: © Copyright by Feldhaus-Fotografen

Herstellung und Verlag: BoD – Books on Demand, Norderstedt

ISBN: 978-3-749486540

Ein Gasthof in Schöppingen
AD 1649

„Mein Herr möchte in seinem Zimmer speisen.“

Draußen krachte der Donner, während der durchnässte Diener mit der Wirtin um Preis und Bedingung der Übernachtung feilschte. Das Gewitter hatte sie gezwungen, in Schöppingen Quartier zu nehmen, keine Stunde vom Ziel der Reise entfernt, und dementsprechend war seine Laune.

„Könnt Ihr garantieren, dass unser Aufenthalt hier ohne Aufsehen bleibt?“, fragte er. „Mein Herr hat Gründe, unerkannt zu bleiben.“

Die Wirtin zog eine Augenbraue hoch. In ihrem Gesicht zeichneten sich ihre Überlegungen ab, wie viel sie von den unerwarteten Gästen verlangen konnte. Was der Herr dieses Mannes zu verbergen hatte, interessierte sie dabei weniger, als ihr Profit.

„Ich werde Agnes zu ihm schicken. Sie ist stumm", erwiderte sie. „Wenn Ihr mich aber in Schwierigkeiten bringt, kommt Euch das teuer zu stehen."

„Mein Herr ist ein ehrlicher Tuchhändler", entrüstete sich der Diener. „Wir sind auf dem Weg nach Billerbeck, wo wir, ohne diesen Wolkenbruch, in einer Stunde angekommen wären. Zu Eurem Glück, Wirtin, sitzen wir heute Abend hier fest und werden essen, trinken und übernachten. Also, schickt ein ordentliches Mahl und heißen Würzwein in die Kammer und lasst ein Bad richten." Eine weitere Münze wechselte den Besitzer.

Die Wirtin war zufrieden.

Sie stellte ein üppiges Mahl zusammen und rief nach Agnes.

„Bring' dies nach oben und schaffe auch den Zuber und Badewasser hinauf", wies sie die Magd an.

Agnes nickte und machte sich daran, das schwere Tablett die Treppe hinaufzutragen.

Mühsam balancierte sie es auf einem Arm, um mit der anderen Hand flüchtig anklopfen zu können.

„Wer da?", hörte sie eine dumpfe Stimme fragen.

Als Antwort klopfte sie ein weiteres Mal.

Die Tür wurde einen Spalt breit geöffnet, und sie hielt das Tablett in den Lichtschein, der aus dem Zimmer drang.

„Du bist die stumme Magd?", klang es misstrauisch.

Als Agnes nickte, wurde die Tür geöffnet, und der Diener bedeutete ihr, das Abendmahl hereinzubringen.

Flüchtig schaute Agnes zum Fenster, wo ein weiterer Mann mit dem Rücken zu ihr stand. Sie ging zum Tisch und richtete das Essen an, als es mit einem Mal blitzte und unmittelbar ein ohrenbetäubender Donner folgte.

„In's hemelsnaam", tönte es erschrocken vom Fenster.

Der Mann trat ein Stück in den Raum hinein. Seine schlanke Figur mit den breiten Schultern zeichnete sich deutlich im grellen Licht des folgenden Blitzes ab, aber Agnes fielen vor allem seine hellblonden Haare ins Auge, die elektrisiert in alle Richtungen abstanden.

„Dat was dichtbij! Jezus, Maria en Jozef, help ons in dit uur", rief er entsetzt.

Agnes verstand nicht, was er sagte, aber der Klang seiner Sprache rührte tief in ihr eine verschlossene Erinnerung an. 'Die Sprache der Engel', dachte sie und sank betend auf die Knie.

„Weib, das war nur ein Blitz. Steh' auf und kümmere dich um das Bad für meinen Herrn." Die raue Sprache des Dieners wurde durch einen fürsorglichen Unterton gemildert. Sanft nahm er Agnes am Arm, um sie auf die Füße zu ziehen.

„Ihr ...", sie räusperte sich, schluckte, „Ihr seid zurückgekehrt?"

Als der Diener ihre krächzende Stimme hörte, ließ er sie los, als hätte er sich an ihr verbrannt. Die Wirtin hatte gesagt, die Magd sei stumm. Versuchte sie, ihn zu hintergehen?

Unsicher blickte er zu seinem Herrn, der die Frau nachdenklich musterte. Dann sah auch er wieder zu der Magd, die noch immer am Boden kniete, die Hände zum Gebet gefaltet und den Blick zu dem Kaufmann erhoben.

„Seid Ihr nach all den Jahren gekommen, um mich zu holen?" Hoffnung klang in Agnes Stimme, und ein Aufleuchten in ihrem Gesicht begleitete diesen Satz.

„Agnes, du nichtsnutziges Weib! Wo treibst du dich herum?"

Alle im Raum zuckten beim keifenden Ruf der Wirtin zusammen.

Agnes ließ die Hände sinken. Mit unsicherer Stimme, fast flehend, wandte sie sich wieder an den Handelsherren. „Seid Ihr wegen mir zurückgekommen?"

„Was bildest du dir ein, Weib?", herrschte der Diener sie an. Er ahnte, dass hier etwas vorging, das mit einem diskreten Aufenthalt nicht vereinbar sein würde. „Wir sind zufällig hier. Du wirst jetzt auf der Stelle das Bad für meinen Herrn bereiten, bevor du Ärger mit der Wirtin bekommst."

„Was treibst du denn da?" Die Wirtsfrau stand in der offenen Tür zur Treppe. „Es tut mir leid, meine Herren, unsere Magd ist gewöhnlich zuverlässig. Komm her und spute dich!"

Widerwillig ließ Agnes sich auf die Füße helfen, konnte jedoch ihren Blick nicht von dem Mann am Fenster lösen.

Grob wurde sie von ihrer Herrin an der Schulter gepackt und auf die Treppe hinausgedrängt.

„Was, um alles in der Welt, war das?" Der Diener hatte sich zu seinem Herrn ans Fenster gesellt und sprach leise auf niederländisch mit ihm.

„Ich glaube, sie hat mich erkannt."

„Ihr wart schon einmal an diesem heruntergekommenen Fleckchen Erde?"

„Ja, vor 23 Jahren. Mein Bruder war Landsknecht. Ich begleitete die Truppe als Trossjunge. Schöppingen wurde erobert und …"

Mit einem leisen Seufzen brach der Handelsherr ab und wandte sich wieder mit schmerzlich verzerrtem Gesicht dem Unwetter zu.

Sein Diener sagte kein Wort. Er wusste, wann er besser schwieg, und hoffte gleichzeitig darauf, dass er erfahren würde, was den Kaufmann bewegte.

Minutenlang blickten sie schweigend hinaus in den Regen, bis der Badezuber mit lautem Poltern hineingerollt wurde.

„Von Klopfen hält man hier wohl nichts, wie?", fuhr der Diener herum.

„Verzeiht, Herr, die Wirtin hat mich zur Eile angetrieben. Ich bringe sofort das Wasser."

Agnes knickste, machte aber keine Anstalten den Raum zu verlassen. Stattdessen verharrte sie und warf einen unziemlich langen Blick auf den Kaufmann. Erst das Räuspern des Dieners riss sie aus ihrer Erstarrung. Nach einem weiteren flüchtigen Knicks, eilte sie aus dem Raum.

Kannenweise schleppte Agnes das heiße Badewasser die schmale Treppe hinauf in das Gemach der Gäste. Nachdem der Bottich ausreichend gefüllt war, holte sie zwei weitere Kannen und stellte sie neben dem Zuber ab.

„Kann ich sonst noch etwas für Euch tun?" Abwartend sah sie zu den beiden Männern am Fenster und beobachtete unverhohlen den vornehm gekleideten Herrn. Sein Diener trat jedoch auf sie zu und schob sie hinaus auf den Flur.

Nachdem er die Tür geschlossen hatte, half er seinem Herrn aus den durchnässten Kleidern und hängte diese über Stühle und Wandhaken, damit sie über Nacht trocknen konnten.

Schweigen stand zwischen den Männern, bis der Tuchhändler sich im dampfenden Wasser niedergelassen hatte.

„Es war im Juni 1626", begann er seine Erzählung. „Ich war gerade zehn Jahre geworden und stolz darauf, meinen Bruder begleiten zu dürfen. Wir hatten dieses Kirchspiel erobert, als ich kurz vor unserem Abzug noch einmal die

Umgebung durchstreifte. Gleich hinter dem Obertor lief ich bergauf, bis ich eine Senke mit Buschwerk erreichte. Mir gelang es, ein Kaninchen mit meiner Schleuder zu erlegen. Danach schlenderte ich langsam wieder zurück in Richtung des Tores, als mir zweierlei auffiel. Neben mir knackte es im Gebüsch, während aus dem Ort Geschrei an meine Ohren drang.

Zunächst wandte ich mich dem näher gelegenen Geräusch zu und schlich vorsichtig heran. Im Gestrüpp hockte ein völlig verängstigtes kleines Mädchen. Ich sagte ihr, sie solle ruhig sein und sich verstecken. Erst schien sie mich nicht zu verstehen, aber als ich meine Worte langsam und mit deutlichen Gesten wiederholte, nickte sie und verschwand." In seinen Erinnerungen verloren, dauerte es eine Weile, bis er weitersprach: „Als ich zurück zum Tross kam, waren die Männer blutbesudelt. Erst später hörte ich, dass sie die Bewohner am Tor und der dahinterliegenden Straße erschlagen hatten. Ich habe nie erfahren, was genau geschehen ist." Er stand auf und verließ den Badezuber.

Der Diener sah, wie sein Herr erschauerte, doch vermochte er nicht zu erkennen, ob es angesichts der Bilder in seiner Erinnerung war oder wegen der Kälte, die im Zimmer herrschte.

Während er nun das Badewasser nutzte, senkte sich erneute Stille über sie.

Als beide schließlich in trockenen Kleidern am Tisch saßen, wagte der Diener zu fragen: „Warum ist die Frau vor Euch auf die Knie gefallen?"

„Ich weiß es nicht. Ihre Augen sind denen des Mädchens von damals ähnlich." Der Tuchhändler schüttelte mit gerunzelter Stirn den Kopf.

„Die Wirtin behauptete, ihre Magd sei stumm. Sollen wir wirklich hier bleiben, wenn sie uns so offensichtlich belogen hat?"

„Willst du etwa in das Unwetter hinaus?"

Deutlich hörbar prasselte der Regen auf Fenster und Dach.

Es klopfte.

Die Tür ging auf, und Agnes streckte den Kopf ins Zimmer hinein.

„Schaff das Wasser hinaus", wies der Diener sie an.

Kanne um Kanne schleppte Agnes das Wasser wieder die Treppe hinunter. Erst als der Bottich fast leer war, bat sie den Diener: „Könnt Ihr mir helfen, den Zuber nach nebenan zu bringen?"

Nachdem der Handelsherr mit einer Geste seine Zustimmung bekundet hatte, trug der Diener gemeinsam mit Agnes das Behältnis hinaus, in dem noch ein Rest Wasser schwappte.

Als sie im Nebenraum angekommen waren und ihre Last abgestellt hatten, schaute sich Agnes vorsichtig um. „Wie kommt es, dass ein Engel mit einem Bediensteten reist?"

„Wie bitte?" Vollkommen verblüfft starrte der Diener sie an. „Wie nennst du meinen Herrn?"

„Er ist ein Engel", antwortete Agnes. „Er ist zurückgekehrt, nachdem er mir vor über zwanzig Jahren das Leben gerettet hat. Ich habe ihn an dem Strahlen erkannt, das ihn vorhin umgab, und an seiner Sprache."

„An seiner Sprache?" Verwirrt schüttelte der Diener den Kopf.

„Damals hat er jünger ausgesehen", erklärte die Magd, „aber ich war auch noch jung, und Schutzengel passen doch immer zu ihren Menschenkindern. Er hat genauso gesprochen, wie heute Abend, als der Blitz sein Leuchten offenbarte. Ist er ... seid Ihr gekommen, damit sich mein Wunsch erfüllt und ich endlich ins Kloster eintreten kann?"

„Du willst ins Kloster?"

„Seit Jahren ist es mein sehnlichster Wunsch, weg von den grölenden Männern in der Wirtsstube, fort von den Gästen, denen ich beim Baden behilflich sein muss." Sie schüttelte sich.

„Wieso sagte die Wirtin, du seist stumm?" Verwirrung mischte sich mit Misstrauen in die Stimme des Mannes.

„Der Engel hatte mir doch befohlen, still zu sein. Das habe ich bis heute getan, bis er wieder zurückgekehrt ist."

Ist sie so einfältig und dumm oder kann sie meinem Herrn gefährlich werden?, durchfuhr es den Diener.

„Hast du mit der Wirtin über meinen Herrn gesprochen?"

„Nein!" Entschieden richtete Agnes sich auf. „Ich hatte das Gefühl, dass es nicht Recht ist", fügte sie nach kurzem Zögern hinzu.

„Du willst also fort von hier?", stellte der Diener fest, und sie nickte.

„Ich möchte nach Hohenholte. Meine Mutter hat immer vom Kloster erzählt und dass ihre Schwester dort lebt."

„Du willst zu den Augustinerinnen?"

„Ihr kennt das Kloster?"

„Wir treiben Handel mit Leinen und Wollstoffen, auch mit dem Kloster."

„Dann könnt Ihr mir helfen?" Bittend ruhten Agnes Augen auf dem Mann.

Nach kurzem Überlegen nahm er sie am Ellbogen. „Komm."

Leise schlichen sie in die Kammer zurück.

„Meneer, luister naar me, wat deze vrouw te zeggen heeft."

Wie vom Blitz getroffen, fuhr Agnes zu dem Diener herum. „Ihr beherrscht die Sprache der Engel?"

Hinter ihr räusperte sich der Handelsherr. „Wir sind uns damals außerhalb der Ortschaft begegnet." Seine Sprache war akzentgefärbt.

„Ja." Mit vor Eifer gerötetem Gesicht wandte sich Agnes ihm zu. „Ihr habt mir befohlen, still zu sein, und ich habe mich daran gehalten - all die Jahre."

„Ich habe dir damals nur einen Rat gegeben. Das Geschrei im Ort hattest du sicher auch gehört, nicht wahr? Ich wollte nicht, dass dir etwas geschieht."

Agnes nickte. „Ich habe mich versteckt und bin erst zum Tor zurückgegangen, nachdem es ruhig war. Die Landsknechte waren fort. Überall lagen die Toten."

„Du hast über zwanzig Jahre nicht gesprochen?"

„Kein Wort - bis heute." Stolz klang in Agnes' Stimme mit. Doch dann wurde ihre Haltung wieder unterwürfig. „Könnt Ihr mir noch einmal helfen, mir meinen Herzenswunsch zu erfüllen?"

Der Handelsherr kam einige Schritte näher. „Was kann ich für dich tun?"

„Ich wünsche mir so sehr, in das Kloster Hohenholte eintreten zu dürfen. Aber mittellos, wie ich bin, lässt mich meine Herrschaft nicht ziehen, und die edlen Frauen würden mich nicht aufnehmen."

„Also brauchst du Geld, um dich hier freizukaufen und dort deinen Eintritt zu finanzieren?"

„Ja, Herr."

Der Holländer musterte sie. „Agnes, wenn du bis morgen dein Schweigen wieder aufnimmst, werde ich dafür sorgen, dass dich deine Wirtin ziehen lässt, und wir werden dich persönlich nach Hohenholte mitnehmen. Auch für deinen Eintritt ins Kloster wird gesorgt werden."

Er seufzte innerlich. Vielleicht würde er so die Geister der Vergangenheit zum Schweigen bringen, eine gute Tat tun, die dereinst die Gräuel des Krieges aufwiegen würde.

Wieder fiel Agnes vor ihm auf die Knie und stammelte Worte des Dankes.

Als sie gegangen war, machte der Tuchhändler Anstalten, sich ins Bett zu begeben. Sein Diener jedoch beschloss, Wache zu halten. Was auch immer seinen Herrn bewogen hatte, unerkannt hier zu nächtigen, schwebte wie eine dunkle Bedrohung über ihrem Aufenthalt.

Die Nacht verlief ruhig. Das Gewitter zog schließlich ab, und der Morgen war klar und versprach, in einen schönen, warmen Tag überzugehen.

Der Diener verstaute die klammen Kleidungsstücke in den Satteltaschen und drängte zum Aufbruch, aber der Kaufmann wollte auf das Frühmahl nicht verzichten.

Kurze Zeit später klopfte es, und Agnes trug ein Tablett mit Getreidegrütze, Honig und sogar einem Sahnetöpfchen herein.

„Nehmt Ihr mich mit?"

„Vielleicht kann ich an dir einen Teil der Schuld begleichen, die meine Landsleute auf sich geladen haben", sprach der Tuchhändler mit seinem fremd klingenden Akzent. „Erzähl' mir, wie es dir nach unserer Begegnung ergangen ist."

„Meine Familie wohnte hier in der Totenstraße", hob Agnes an. „Mein Vater war ein angesehener Handwerker. Wir hatten ein schönes Haus. Aber als ich an jenem unglückseligen Tag nach Hause kam, lebte von meiner Familie niemand mehr. Plötzlich war ich allein. Zuerst kam ich bei einer Nachbarin unter, dann hier im Wirtshaus, wo ich die Jahre hindurch schwer arbeiten musste. Die Arbeit macht mir nichts aus", beeilte sie sich hinzuzufügen, „ich will aber nicht länger hier leben."

Eine Weile dachte der Handelsherr nach, währenddessen er Agnes musterte. Schließlich schien er zu einem Entschluss gekommen zu sein und bedeutete seinem Diener, die Wirtin zu rufen.

„Verhandle mit ihr über die Auslösung der Magd, und verliere kein Wort über ihre Zukunftspläne", wies er ihn an.

Die Wirtin betrat wenig später eilfertig die Kammer und fragte nach den Wünschen der Herren. Als sie Agnes bemerkte, wollte sie diese hinausschicken.

„Unsere Wünsche betreffen diese Frau", hielt der Diener sie zurück. „Du hast sie aufgenommen und ausgebildet? Was verlangst du, wenn sie uns begleitet?"

„Was wollt ihr mit meiner stummen Magd?" Misstrauisch musterte die robuste Frau die Männer.

Gleichzeitig überlegte sie, wie hoch sie die Summe veranschlagen könnte, die diese Kerle bereit wären, zu zahlen.

„Was ist eigentlich aus dem Haus geworden, das Agnes' Eltern gehört hat?" Der Diener ließ die Wirtin nicht aus den Augen.

„Das Haus?" Die Wirtsfrau wurde unruhig.

„Wo hat deine Familie gewohnt, Agnes?" Auch als er sie ansprach, starrte er unverwandt auf die ältere Frau.

„Wir haben im Nachbarhaus gewohnt. Jetzt wohnt eine andere Familie dort."

Entsetzt fuhr die Wirtin zu Agnes herum. Mit offenem Mund starrte sie ihre Magd an.

„Die Pacht wird an Euch gezahlt?", fragte der Diener.

„Ja, ja", stotterte die Wirtsfrau, „ich habe mich um Haus und Hof gekümmert. Es gehört jetzt alles mir." Sie presste die Lippen fest aufeinander.

Während sich der Diener und die Wirtin anstarrten, räusperte sich Agnes und sagte leise: „Mir geht es nicht um das Haus, ich will ins Kloster."

Der Handelsherr wurde ungeduldig. „Ihr müsst Agnes eine Aussteuer im Gegenwert für das Haus bezahlen, das Ihr über zwanzig Jahre genutzt habt."

„Was wisst Ihr?" Entsetzt starrte die Wirtin den Tuchhändler an. „Jetzt verstehe ich. Ihr seid Holländer, Ihr wart damals hier, Ihr ..."

„Nein, gute Frau, ich war nicht an dem Gemetzel beteiligt. Trotzdem wollte ich niemals wieder herkommen. Lasst Agnes gehen, und unsere Wege werden sich nie mehr kreuzen."

„Was habt Ihr mit meiner Magd im Sinn?"

„Wir werden sie nach Hohenholte begleiten." Er lachte kurz und bitter auf. „Vielleicht sollten wir es den hohen Damen überlassen, Euch mit Hilfe ihrer Advokaten die Aussteuer abzunehmen."

Der Tuchhändler hatte die Augen zusammengekniffen und lauerte auf die Reaktion der Wirtsfrau. Dass seine Drohung Wirkung zeigte, erkannte er, als ihre Schultern herabsanken. Ebenfalls entging ihm nicht, dass sie den Blick niederschlug. Sie schien zu überlegen, wie viel sie bieten müsste, um nicht alles zu verlieren. Schließlich wurde man sich einig.

Agnes beeilte sich, ihre wenigen Habseligkeiten zusammenzupacken.

Der Händler erwartete sie bereits im Hof.

Sie stieg geschwind auf die Ladefläche und setzte sich auf die Stoffballen. Weder sie noch der Kaufmann sprachen ein Wort, bis sie das Tor hinter sich gelassen hatten. Ohne sich noch einmal umzuschauen, verließen sie das Kirchspiel.

Historischer Hintergrund

Ausgangspunkt für diese fiktive Geschichte ist der Überfall holländischer Truppen in Zeiten des 30-jährigen Krieges (16. Juni 1626), bei deren Abzug 43 Schöppinger Bürger am Obertor bzw. in der Lindenstraße getötet wurden. Letztere hieß im Volksmund noch Jahrhunderte später „Totenstraße".

Sowohl die Überlebende Agnes als auch ihr Retter oder die Wirtin sind fiktive Personen.

Zum Cover:

Der „Große Schutzengel" steht seit über 100 Jahren an der Straße, die durch das „Obertor" aus Schöppingen herausführt. Auf diesem Weg kommt man nach Münster, wo 1648 der Westfälische Friede geschlossen wurde.

Bild: © Copyright by Feldhaus-Fotografen

"Agnes und der Engel" ist Teil der Anthologie: "Engel, Hexen, Wiedertäufer: Historische Geschichten aus dem Münsterland", herausgegeben von Evelyn Barenbrügge und erschienen im Waxmann Verlag.

Hat es Ihnen gefallen?

Informationen zu meinen anderen Werken finden Sie auf den folgenden Seiten.

Auf leisen Sohlen

Kurzkrimis aus NRW

ASIN: B00L5Q5FHQ

Frisch getrennt, findet eine junge Frau plötzlich ihre Autoreifen zerstochen vor. Wer steckt dahinter?

Wie schnell gerät jemand unter Verdacht, der zur falschen Zeit am falschen Ort ist?

Ausgerechnet am Morgen des 24.12. verschwindet die kleine Sophie spurlos.

Was steckt hinter den Ängsten, die eine erwachsene Frau von ihrem eigenen Keller fernhalten?

Antworten auf diese Fragen gibt es in Kurzform.

Verdächtig vertraut

Ein Liebesroman aus Münster

Taschenbuch:

ISBN-13: 978-3734753374;

ASIN: B00U7HH220

Sandras Leben scheint perfekt. Kaum hat sie die neue Stelle in ihrer Traumstadt Münster angetreten, da begegnet sie auch schon dem attraktiven Tobias. Aus der anfänglichen Sympathie wird schnell mehr, und auch beruflich läuft alles hervorragend.

Das ändert sich jedoch schlagartig, als Sandra einer Straftat bezichtigt wird. Und schon bald muss sie sich fragen, wem sie noch vertrauen kann.

In „Verdächtig vertraut" erzählt Anne Lay die Geschichte einer jungen Frau, die unter einen schweren Verdacht gerät und dabei Gefahr läuft, alles zu verlieren.

Win my Heart

Spiel um die Liebe

Taschenbuch:

ISBN-13: 978-3960873747;

ASIN: B0793T37JF

Spiel um dein Herz – Kann aus einer heißen Nacht mehr werden?

Er ist einer der reichsten Junggesellen, dem die Frauen scharenweise zu Füßen liegen.

Sie steht vor den Scherben ihres Lebens und setzt alles auf eine Karte.

Bei einem Blackjack-Turnier begegnen sie sich und kommen sich näher. Nach einer magischen Nacht trennen sich ihre Wege. Denn Sonja hat kein Interesse, sich nach der Enttäuschung mit ihrem Ex schon wieder in den Falschen zu verlieben. Doch er kann sie nicht vergessen ... aber kann sie ihm auch vertrauen?

In Kürze:

Im Frühjahr 2020 erscheint die Geschichte von Marie, der besten Freundin von Sonja aus „Win my Heart".

Klappentext:

Marie ist ein echtes kölsches Mädchen, mit Leib und Seele Erzieherin und Familienmensch. Ihr größter Wunsch ist es, eine eigene Familie zu gründen. Dazu fehlt ihr aber noch der richtige Mann.

Ein Kandidat wäre Jens, der sympathische alleinerziehende Vater aus der Kita. Doch dann lernt Marie in einem kleinen Ristorante in Aachen Marco kennen. Marie liebt Italien, aber Köln verlassen?

Durch einen Vorfall in der Kita gerät ihre Welt aus den Fugen. Marie versucht in Italien Abstand zu gewinnen und kommt Marco näher. Ist er der richtige Mann für sie?